THE CLONE WARS

© 2013 Lucasfilm Ltd. & TM. All rights reserved.

© Hachette Livre, 2013, pour la présente édition.
Conception graphique du roman : Laurent Nicole.
Exécution graphique : François Hacker.
Traduction : Florence Mortimer.

Hachette Livre, 43, quai de Grenelle, 75015 Paris.

STAR WARS™

THE CLONE WARS™

La guerre aquatique

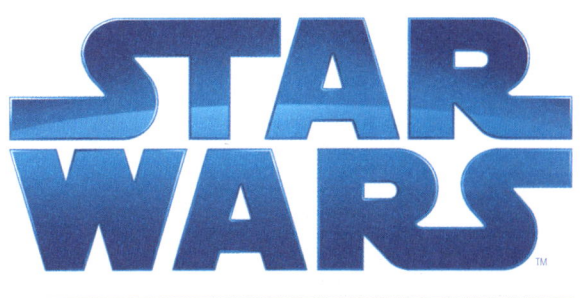

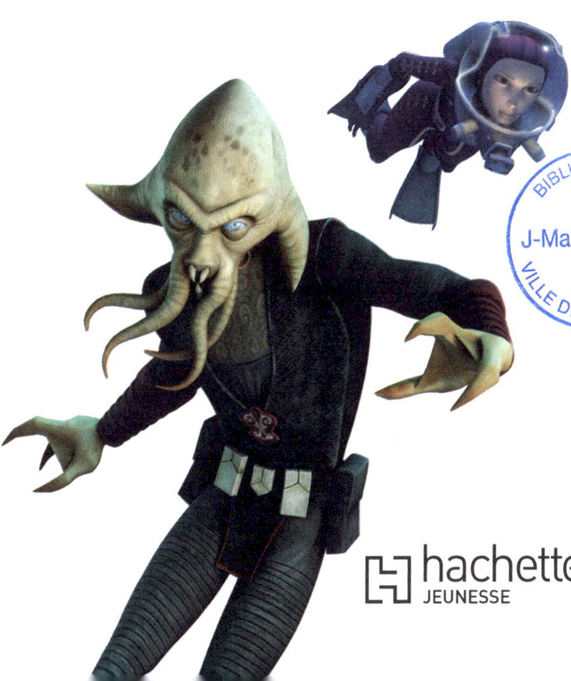

hachette
JEUNESSE

Les planètes de la galaxie doivent choisir leur camp : s'allier aux Séparatistes ou aider les Jedi à protéger la République ? Un seul clan survivra à cette guerre. Le vainqueur contrôlera la galaxie tout entière, et fera régner la paix ou la terreur...

Les Jedi

Anakin Skywalker

L'ancien Padawan d'Obi-Wan est devenu un Chevalier Jedi impulsif et imprévisible. Il a une maîtrise impressionnante de la Force. Mais est-il vraiment l'Élu que le Conseil Jedi attend ?

Ahsoka Tano

Yoda a voulu mettre Anakin à l'épreuve : il lui a envoyé une Padawan aussi butée et courageuse que lui... Cette jeune Togruta possède toutes les qualités nécessaires pour être un bon Jedi, sauf une : l'expérience.

Les Jedi

Obi-Wan Kenobi

Général Jedi, il commande l'armée des clones. Il est reconnu dans toute la galaxie comme un grand guerrier et un excellent négociateur. Son pire ennemi est le Comte Dooku.

Maître Yoda

C'est probablement le Jedi le plus sage du Conseil. Il combat sans relâche le Côté Obscur de la Force. Quoi qu'il arrive, il protégera toujours les intérêts de la République.

Les clones de la République

Ces soldats surentraînés ont tous le même visage puisqu'ils ont été créés à partir du même modèle, sur la planète Kamino. Le bras droit d'Anakin, le capitaine Rex, est un clone aussi entêté que son maître !

Padmé Amidala

Un temps reine, puis sénatrice, Padmé accompagne Anakin dans son voyage galactique et plonge au cœur de la crise Séparatiste. Face au danger, elle réagit avec efficacité et volonté inflexible.

Les Séparatistes

Asajj Ventress

Cette ancienne Jedi a rapidement préféré le Côté Obscur de la Force. Elle est la plus féroce des complices du Comte Dooku, mais surtout, elle rêve de détruire Obi-Wan.

Le Comte Dooku

Il hait les Jedi. Son unique but est d'anéantir la République pour mieux régner sur la galaxie. Il a sous son commandement une armée de droïdes qui lui obéissent au doigt et à l'œil.

Le Général Grievous

Ce cyborg est une véritable machine à tuer ! Chasseur solitaire, il poursuit les Jedi à travers toute la galaxie.

Darth Sidious

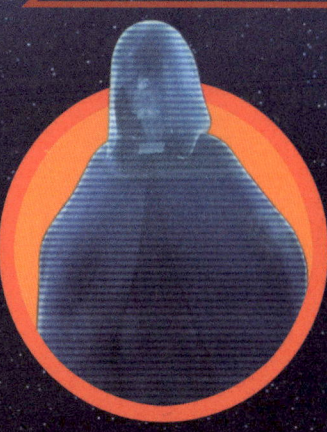

Il ne montre jamais son visage, mais c'est pourtant ce Seigneur Sith qui dirige Dooku et les Séparatistes. Personne ne sait d'où il vient mais son objectif est connu de tous : détruire les Jedi et envahir la galaxie.

PROLOGUE

Une paix menacée

Un croiseur de la République flotte dans l'atmosphère d'Iceberg III, une planète glacée du système Calamari.

Sur le pont, le Maître Jedi Plo Koon discute avec l'hologramme du Maître Jedi Yoda.

— Troublantes les nouvelles sont, commente Yoda. La stabilité de Mon Cala est cruciale pour la République.

— Cependant, nous avons réussi à empêcher le Général Grievous de s'emparer de ce système, déclare Plo Koon. Nous l'avons chassé d'Iceberg III et ses vaisseaux semblent avoir quitté la région.

— Responsables sont les Séparatistes du meurtre du roi Kolina ? demande Yoda.

— Il n'existe aucune preuve de leur implication, rétorque Plo Koon. Mais le roi Kolina était la seule personne qui pouvait maintenir la paix entre les Calamariens et les Quarrens. Si Mon Cala tombe entre les mains des Séparatistes, nous perdons non seulement un allié précieux, mais aussi l'accès à leur minerai de fer.

— Indispensable pour notre flotte est le minerai de fer de Mon Cala, lui rappelle Yoda. Dans les mains des Séparatistes, tomber il ne doit pas.

— Les Calamariens et les Quarrens se réunissent en urgence afin de se choisir un nouveau dirigeant, déclare Plo Koon.

— Envoyer un médiateur il faut, tranche Yoda. La sénatrice Amidala à Mon Cala nous envoyons.

CHAPITRE 1

Quarrens et Calamariens

Mon Cala, un monde océanique voisin de la planète glacée Iceberg III, se trouve au fin fond des territoires de la Bordure Extérieure. Différentes espèces aquatiques habitent cette planète bleue, mais deux d'entre elles dominent : les Quarrens, un peuple belliqueux, et les Calamariens, beaucoup plus pacifiques.

Les Calamariens sont des humanoïdes amphibies. Leur peau est couleur saumon, leurs mains sont palmées et ils ont des têtes de poisson : leur crâne a une forme de dôme recourbé vers l'arrière et un énorme œil globuleux de chaque côté. Les yeux sont indépendants l'un de l'autre et ils peuvent regarder dans deux directions différentes en même temps. Leur nature amphibie leur permet de respirer aussi facilement sous l'eau que dans l'air.

Les Quarrens sont eux aussi des humanoïdes, mais avec des têtes larges comme des encornets et des tentacules qui pendent de leur visage. Leur bouche est petite et dotée de deux crocs et d'une langue longue et mince.

Les deux peuples vivent dans des énormes cités sous-marines construites sur les coraux et les rochers du fond de l'océan, mais les Calamariens vivent près de la surface tandis que les Quarrens se sont installés dans les profondeurs.

Les deux espèces se sont souvent heurtées, mais ont plus ou moins réussi à mener une coexistence pacifique. Malheureusement, la Guerre des Clones menace ce fragile équi-

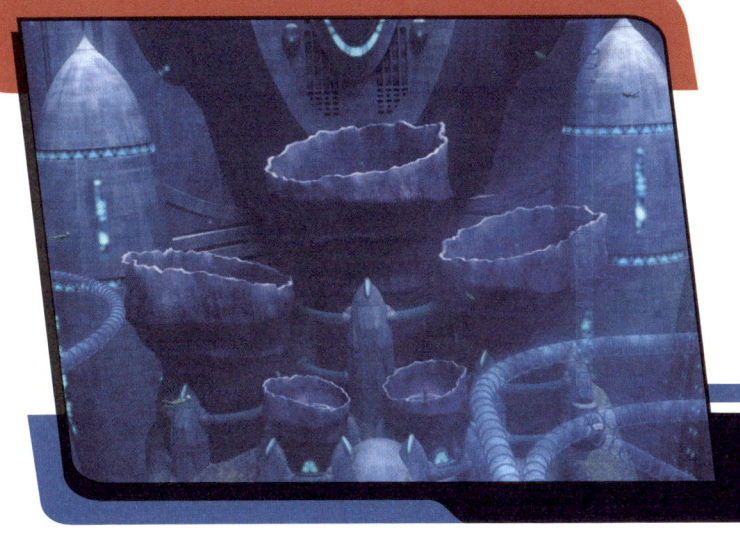

libre : les Calamariens et les Quarrens ne soutiennent pas le même camp.

Tant qu'il régnait, le roi Kolina était parvenu à convaincre ses sujets – les Calamariens comme les Quarrens – de se ranger du côté de la République Galactique et des Jedi.

Mais, depuis son mystérieux assassinat, les Quarrens ruent dans les brancards : ils semblent vouloir saisir cette opportunité pour se libérer de l'autorité calamarienne et réclament un souverain quarren.

Les Calamariens refusent évidemment cette idée et insistent pour que le jeune fils du roi, le prince Lee-Char, devienne le roi légitime de Mon Cala.

L'Alliance Séparatiste, dirigée par le sinistre Comte Dooku, va certainement profiter de ce désaccord. Pour atteindre leur but – détruire la République Galactique et l'Ordre Jedi qui la protège –, les Séparatistes infiltrent secrètement les planètes de la République afin de manipuler leurs gouvernements et les gagner à leur cause.

La mort du roi Kolina inquiète les dirigeants de la République : et si les Séparatistes en profitaient pour imposer leur loi ?

Les Calamariens et les Quarrens doivent justement se réunir pour discuter de l'avenir de Mon Cala. Craignant que les Quarrens refusent de reconnaître le prince Lee-Char comme le roi légitime, les Calamariens ont demandé un arbitrage en leur faveur au Sénat Galactique.

Malgré leur ligne de conduite affichée de ne pas s'immiscer dans les affaires intérieures des autres mondes, les sénateurs ont accepté d'envoyer l'un des leurs comme observateur. Ils ont choisi Padmé Amidala, la sénatrice de Naboo, une planète voisine, et ont demandé au Chevalier Jedi Anakin Skywalker de l'accompagner.

Padmé Amidala est jeune mais très respectée. Elle a déjà servi de médiatrice dans plusieurs conflits.

À Mon Cala, Padmé et Anakin s'équipent de scaphandres pour pouvoir respirer sous l'eau et plongent dans l'océan jusqu'à la chambre législative de Mon Cala City. Arrivés en avance, ils observent l'immense salle se remplir de députés quarrens et calamariens.

Avant même que les discours officiels ne commencent, ils sentent à quel point la tension est palpable.

— Les Calamariens et les Quarrens

s'adressent à peine la parole, remarque Padmé.

— Et les rares fois où ils se parlent, ce n'est pas vraiment pour se dire des gentillesses, ajoute Anakin.

— Je ne comprends pas comment la situation a pu se dégrader aussi rapidement, dit Padmé. Les Quarrens et les Calamariens ont toujours eu du mal à s'entendre mais, là, ils sont au bord de la rupture.

Un nouvel arrivant attire l'attention d'Anakin : un imposant Karkarodon nage au milieu de la foule.

Les Karkarodons, des créatures humanoïdes qui ressemblent énormément à des requins, habitent la planète Karkaris, un monde océanique d'un système voisin de celui de Mon Cala. Dotés de mâchoires impressionnantes et de dents effilées comme des rasoirs, ce sont des guerriers intrépides et sans pitié. Anakin l'identifie immédiatement : c'est Riff Tamson, un commandant Séparatiste.

— C'est un représentant du Comte Dooku,

devine Anakin. Je crois que je commence à comprendre ce qui se passe ici. Et je n'aime pas ça !

Anakin observe l'énorme Karkarodon nager jusqu'à la délégation quarren et se placer derrière elle.

— Je vais garder un œil sur lui, poursuit Anakin. Si Dooku envoie l'un de ses commandants ici, j'imagine que son armée ne doit pas être loin…

— N'oublie pas que nous sommes ici en mission diplomatique, Anakin, lui rappelle Padmé. Ce n'est pas parce que les Séparatistes ont envoyé un émissaire que tu dois tout fiche en l'air.

Avec l'arrivée de Tamson, les Quarrens deviennent encore plus agressifs et provocants.

— Le règne des Calamariens doit cesser, déclare l'un des leurs.

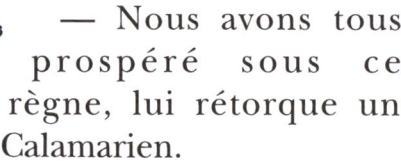

— Nous avons tous prospéré sous ce règne, lui rétorque un Calamarien.

— Mais le roi est mort, réplique un député quarren. Le temps du changement est venu !

Peu à peu, le chaos s'installe dans la pièce : tout le monde se met à crier.

— Le prince Lee-Char doit régner, comme le prévoit notre Constitution ! proteste un Calamarien dans la foule.

— À bas la monarchie ! braillent plusieurs Quarrens.

— Nous défendrons notre roi, riposte une voix.

Plusieurs Quarrens se mettent à scander :

— Nous voulons un dirigeant quarren ! À bas le roi calamarien ! Le pouvoir aux Quarrens !

Anakin et Padmé échangent des regards

inquiets : la possibilité que les Quarrens et les Calamariens parviennent à un accord s'éloigne de minute en minute !

Soudain, le jeune prince Lee-Char se lève et tente de calmer l'assistance.

— Je suis déterminé à servir aussi bien les Quarrens que les Calamariens, déclare-t-il simplement.

Surpris, les députés arrêtent de s'invectiver et de s'injurier, et tous les yeux se tournent vers le jeune garçon.

— Silence ! intervient Riff Tamson d'une voix de stentor, en se plaçant devant le groupe de Quarrens derrière lequel il s'était dissimulé. Tu n'as pas gagné le droit de parler dans cette assemblée !

Intimidé par la stature imposante du commandant, le prince, qui n'est qu'un enfant, bat en retraite.

Un soldat calamarien s'interpose entre le prince et l'énorme Karkarodon.

— C'est vous qui n'avez pas droit à la parole dans cette pièce, Monsieur l'Ambassadeur, déclare le capitaine Ackbar. Vous n'êtes ici qu'un observateur pour le compte des Séparatistes.

Tamson soutient son regard sans ciller.

— N'oubliez pas, Capitaine, que si je suis ici, à la demande des Quarrens, c'est uniquement parce que vous avez demandé la présence de représentants de la République.

Furieux, Ackbar tente de se jeter sur lui, mais Anakin l'en empêche.

C'est au tour du chef des Quarrens, Nossor Ri, d'intervenir.

— Le prince Lee-Char n'a ni l'expérience ni les compétences nécessaires pour diriger cette planète, déclare-t-il avec un geste vague en direction du jeune Calamarien. Ce garçon va nous mener à la ruine.

— S'il vous plaît, l'interpelle Padmé, qui a tout suivi avec attention, écoutez-moi. Nous sommes ici aujourd'hui pour vous aider à trouver un compromis. Je suis convaincue que c'est encore possible. Dites-moi ce que peut faire la République pour vous aider à maintenir la paix.

— La République n'a aucune raison d'être ici, répond sèchement Nossor Ri. Cette histoire ne concerne que les Quarrens et les Calamariens. Et les Quarrens refusent de prêter allégeance à un nouveau roi calamarien. Je suis désolé.

— Mais vous comprenez que…

— Selon moi, l'interrompt Tamson, les Quarrens n'ont plus rien à faire dans cette assemblée.

Sur ce, il se met à nager vers la porte, entraînant derrière lui la majorité des députés quarrens. Les Calamariens se retrouvent entre eux, dans une pièce à moitié vide. L'inquiétude se lit sur leurs visages : que va-t-il se passer ?

Anakin se tourne vers le capitaine Ackbar.

— Venez avec moi, Capitaine, nous devons contacter Maître Yoda. Si les Séparatistes mènent la danse dans cette affaire, je ne vois pas comment nous pourrions régler la situation de façon pacifique.

Alors que tout le monde est sorti, le prince Lee-Char reste assis, la tête baissée.

Une main se pose sur l'épaule du jeune garçon. Il relève la tête et découvre Nossor Ri en face de lui.

— Ton père était l'un de mes grands amis, dit Nossor Ri. Je te présente toutes mes condoléances.

Après avoir échangé un long regard empli de gravité avec le jeune garçon, Nossor Ri quitte la pièce à son tour.

CHAPITRE 2

Une situation de crise

Une frégate de la République flotte dans l'espace au-dessus de Mon Cala. À bord, Anakin, Padmé et le capitaine Ackbar discutent avec les hologrammes des Maîtres Yoda et Mace Windu.

Les Jedi sont depuis toujours les gardiens de la paix de la galaxie. Leur rôle a toujours été de conseiller et de protéger.

Mais la Guerre des Clones a modifié leur rôle et les Jedi sont devenus des chefs militaires. Basé sur la planète Coruscant, le

Conseil Jedi commande l'immense armée de clones de la République.

C'est le très sage Maître Yoda qui dirige ce conseil. Avec Mace Windu, il suit toutes les opérations militaires de la République à partir de la salle des opérations du Conseil Jedi.

Les Maîtres Jedi écoutent attentivement Anakin leur faire son rapport sur la réunion catastrophique qui vient d'avoir lieu.

— Humm… La guerre civile, demande Yoda, inévitable elle est ?

— Malheureusement oui, répond le capitaine Ackbar.

— Les Séparatistes ont envoyé un ambassadeur pour exciter les Quarrens et c'est exactement ce qu'il a fait, ajoute Anakin. Il est impossible de raisonner les députés quarrens.

La sénatrice prend la parole.

— Ce n'est plus qu'une question de temps avant que les Quarrens ne se retirent de la République, déclare Padmé. Nous devons trouver un moyen d'empêcher ça. Trop de mondes ont déjà abandonné la République.

— Des temps troublés ce sont, dit Yoda en hochant la tête. Derrière cela, le Comte Dooku, je soupçonne.

— Le système Mon Cala fait encore partie de la République, insiste Mace Windu. Cette planète ne doit pas tomber aux mains des Séparatistes. Je vous envoie Maître Fisto et votre Padawan Tano, et une compagnie de clones. Ils seront à Mon Cala à la fin de la journée. Entre-temps, Capitaine, rassemblez tous vos soldats et préparez-vous à un assaut des Quarrens.

Quand le capitaine Ackbar entre dans Mon Cala City, la ville sous-marine est en pleine effervescence. La nouvelle d'une guerre civile imminente s'est rapidement répandue dans toute la ville.

Alors qu'il marche d'un pas vif dans un tube de transport – ces tubes transparents

sont remplis d'air, et non d'eau, et relient les immeubles de la ville –, Ackbar observe les gens se précipiter dans tous les sens à la recherche de provisions et d'objets de première nécessité en prévision du conflit qui s'annonce. Il craint que des malfrats et des émeutiers prennent rapidement possession de la ville. Alors qu'il arrive au palais royal, il aperçoit des gardes qui escortent le prince Lee-Char et la sénatrice Meena Tills sur un balcon totalement sécurisé.

Le jeune prince contemple la ville, sa ville, qui plonge dans le chaos. Il voudrait comprendre le sens de tout ça. Les Calamariens, son peuple, ont visiblement perdu tout espoir quand leur roi, son père, est mort. Il aimerait les aider, mais il a l'impression qu'il ne peut rien faire. Sans un mot, la sénatrice Tills le prend par les épaules et l'oblige à se détourner de ce triste spectacle.

Le capitaine Ackbar se présente au jeune prince en se mettant au garde-à-vous.

— Faites-nous un rapport sur la situation militaire, Capitaine, l'enjoint la sénatrice qui, dans un geste protecteur, n'a pas lâché les épaules du jeune garçon.

— Nous n'avons pas encore fini de rassembler nos soldats, Madame la Sénatrice, répond Ackbar. Le régiment des gardes de la capitale est bien sûr là, et déjà sur le pied de guerre, mais je pense que la mobilisation des réservistes ne sera effective qu'en fin de journée.

— Espérons que nous n'aurons pas besoin d'eux, rétorque la sénatrice.

— Je suis bien d'accord avec vous, approuve Ackbar, tout en sachant très bien que la guerre est imminente.

— Capitaine, je voudrais vous confier une mission de la plus haute importance, poursuit la sénatrice, la sécurité du prince Lee-Char. Vous devrez rester en permanence à ses côtés.

Le capitaine Ackbar ne sait pas trop quoi répondre à la sénatrice. Il est soldat, pas garde du corps. Sa place est sur le front, pas à l'arrière.

— Madame la Sénatrice, si le garçon doit…, commence-t-il, mais la sénatrice le coupe instantanément.

— Nous sommes au bord de la guerre civile, dit-elle, et ce garçon est le chef suprême de notre armée. C'est à *vous* de vous assurer qu'il est à la hauteur de ce poste et qu'il peut l'occuper en toute sécurité.

— Malgré tout le respect que je vous dois, se risque Ackbar en jetant un coup d'œil en direction du jeune garçon à ses côtés, le prince n'est pas prêt à diriger une armée. Il a besoin de formation.

— C'est un ordre, Capitaine, réplique la sénatrice Tills, qui tourne les talons et s'en va.

Les yeux toujours fixés sur Lee-Char, le capitaine réfléchit à la meilleure façon de remplir sa mission.

Le prince soutient son regard avec un petit air triste.

— Vous avez parfaitement raison, Capitaine. Je n'ai pas reçu l'éducation militaire qui me permettrait de diriger notre armée. Je ne suis pas en position de mener notre peuple.

Entendre ces mots de la bouche de son prince attriste Ackbar. Lee-Char est le futur roi de Mon Cala. Il est de son devoir de le préparer à son rôle de souverain.

— Allons-y, Votre Majesté, dit Ackbar à Lee-Char, nous avons une guerre à gagner.

Dans les abysses de l'océan se trouve Quarren City, une ville sombre et menaçante dans

laquelle peu de Calamariens ont mis les pieds.

Les Quarrens aiment les coins sombres du fond de la mer. Au-dessus des grands immeubles qui s'élèvent en spirale hors de la barrière de corail, des escouades d'aquadroïdes Séparatistes nagent au milieu de plusieurs immenses vaisseaux Trident en forme de calamars.

Leur aspect et leur façon de se mouvoir comme une pieuvre, avec leurs nombreux tentacules, leur permettent de passer inaperçu jusqu'au dernier moment. Ils transportent des centaines de légions d'aquadroïdes.

Les aquadroïdes sont des super droïdes de combat B2, équipés d'une armure sousmarine et modifiés pour pouvoir combattre sous l'eau. Ils sont armés de canons laser rétractables et leurs pieds peuvent se transformer en propulseurs pour se déplacer dans l'eau à grande vitesse.

À bord du Trident amiral, Riff Tamson est

en grande conversation avec l'hologramme du chef des Séparatistes, le Comte Dooku.

Dooku est un ancien Maître Jedi qui a succombé au Côté Obscur de la Force. Il a abandonné l'Ordre Jedi et est rapidement devenu l'un des adversaires les plus impitoyables de ses anciens amis.

— Notre armée est en place, déclare Tamson à Dooku. Elle attend votre feu vert.

— Bien, Tamson. Que dit le chef des Quarrens ? demande Dooku.

— Nossor Ri approuve notre plan à cent pour cent, réplique Tamson. Comme vous l'aviez prédit, il est prêt à nous livrer sa planète.

Le Comte Dooku hoche la tête.

— Très bien, Commandant. À la fin de cette histoire, cette planète sera sous votre contrôle. Vous pouvez procéder comme prévu.

Tous les Calamariens importants se sont réunis au palais pour discuter de cette situation de crise. Dans la salle du trône, une foule déchaînée attend le prince Lee-Char. La sénatrice Tills et le capitaine Ackbar se postent de chaque côté du trône pendant que Padmé et Anakin inspectent les coulisses.

Le prince traverse la pièce jusqu'à l'estrade et, sans s'asseoir, il s'adresse à l'assistance :

— Je sais que nombre d'entre vous, en accord avec les Quarrens, pensent que je suis trop jeune pour régner, commence-t-il. Mais je vous promets de mettre toutes mes forces dans cette bataille. Je ferai tout pour résoudre cette crise, pour que nous réussissions à maintenir la paix sans qu'une goutte de sang ne soit versée. Nous sommes un grand peuple et nous avons déjà traversé des moments comme celui-ci. Il n'y a donc pas de raison de penser que, cette fois-ci, nous n'allons pas réussir à surmonter cette crise.

Le discours du jeune prince et sa force de conviction calment l'assistance, qui a besoin de croire à la possibilité de la paix.

Soudain, une gigantesque explosion ébranle le palais : la salle du trône tangue et ses vitres tremblent. Le capitaine Ackbar se précipite à la fenêtre. Dehors, une flotte de vaisseaux Trident chargés d'aquadroïdes fond sur la ville.

— C'est une attaque ! annonce-t-il.

Sans s'attarder devant cette vision effrayante, il retourne auprès du prince, que Padmé et Anakin ont déjà rejoint.

— Allons-y, Votre Majesté, dit Ackbar. Nous devons vous mettre en sécurité.

Sous une pluie de débris, Ackbar et Padmé escortent le prince vers la sortie la plus proche, pendant qu'Anakin, qui vient d'activer son sabre laser, désintègre les décombres avant qu'ils ne tombent sur eux.

À l'extérieur du palais, les soldats se mobilisent. Pris par surprise, ils tentent tant bien que mal d'ériger une barricade autour de la ville.

Ackbar sait bien que les Quarrens vont vouloir s'emparer du prince. À lui de les en empêcher !

CHAPITRE 3

La guerre civile

Des explosions retentissent dans toute la ville. Sur des subs, des mini-sous-marins qui ressemblent à des motos, des soldats quarrens foncent à toute vitesse dans les décombres des immeubles en ruine. Les aquadroïdes prennent méthodiquement possession des rues, quartier après quartier. C'est une véritable invasion, parfaitement organisée. Et très bien préparée.

— Capitaine, on doit mettre le prince et la sénatrice à l'abri, dit Anakin au capitaine Ackbar, alors qu'ils sortent du palais avec Padmé et Lee-Char. Ici, nous sommes à découvert.

— Nos soldats ont dû ériger un périmètre de défense autour du centre-ville, réplique Ackbar. À mon avis, c'est notre meilleure chance.

— Je vous laisse nous montrer le chemin, Capitaine, décide Anakin. Je ferme la marche afin d'assurer nos arrières. Si on se dépêche, on devrait s'en tirer.

Ils se déplacent rapidement dans l'eau remplie de fumée, jusqu'à ce que le capitaine Ackbar repère enfin une brigade de soldats calamariens, qui ont effectivement installé un camp retranché sur la place principale de la ville.

— Très bien, dit Ackbar en levant la main pour arrêter sa petite troupe, il nous suffit de traverser cette place. Nous serons totalement à découvert, mais pas très longtemps si on ne traîne pas.

— Votre Majesté, je vous demande de

baisser la tête. Et une fois que nous aurons commencé à courir, l'avertit Anakin, ne vous arrêtez pas avant d'être de l'autre côté.

Le prince Lee-Char montre qu'il a compris en hochant la tête. Au signal d'Ackbar, ils se mettent tous les quatre à courir.

Immédiatement, ils se retrouvent sous le feu nourri d'un groupe d'aquadroïdes embusqués. Anakin active son sabre laser pour détourner les rayons des blasters, tandis que le capitaine Ackbar riposte.

Padmé sent que le prince ralentit l'allure à chaque nouvelle détonation.

— Hauts les cœurs, Prince ! l'encourage-t-elle. Nous devons continuer à avancer… Nous y sommes presque !

C'est alors que les soldats calamariens découvrent enfin leur présence. Et ils sont fascinés : pour la plupart, c'est la première fois qu'ils voient un Jedi en vrai. Soudain, l'un d'entre eux remarque le prince nageant derrière le capitaine Ackbar.

— Le prince, le prince est là ! s'exclame-t-il. Il est venu se battre à nos côtés !

Très vite, un petit groupe de soldats se précipite à la rencontre du jeune garçon et le ramène derrière leurs lignes.

Le commandant de cette place forte improvisée se fraie un chemin jusqu'au prince et se met au garde-à-vous, attendant ses ordres. Alors que le fracas de la bataille pétrifie

Lee-Char, il sent tous les yeux qui se tournent vers lui.

Ackbar, qui est venu se placer aux côtés de Lee-Char, lui demande :

— Quels sont vos ordres, Votre Majesté ?

Le prince regarde le commandant, puis Ackbar, et à nouveau le commandant. Il se demande ce que son père, le roi, aurait dit dans une pareille situation. Le roi Yos Kolina était un souverain puissant et sûr de lui. Plus d'une fois, il avait mené son armée – constituée de Quarrens et de Calamariens – à la bataille.

Les récits sur la bravoure de son père ont bercé l'enfance de Lee-Char et le jeune garçon n'a jamais voulu qu'une seule chose : être digne de son père.

Lee-Char sait exactement ce qu'il doit faire. Il prend une longue inspiration et se lance.

— Je vous demande de rester ici et de tenir votre position, ordonne-t-il à l'officier.

Anakin sursaute. Les forces ennemies sont sur le point de prendre la capitale. Pas besoin de réfléchir pour deviner que les Quarrens vont écraser les Calamariens, qui ne seront pas capables de résister longtemps. Il ne veut pas manquer de respect au capitaine Ackbar et aux autres Calamariens, mais, de toute évidence, le prince n'est qu'un jeune garçon sans expérience. Il ne sait absolument pas comment diriger une armée et Anakin craint qu'il n'envoie ses hommes à une mort certaine.

— Si je peux me permettre, Capitaine, intervient-il, nous devrions emmener le prince dans un endroit plus sûr en attendant l'arrivée des renforts de la République.

— Seul le prince peut prendre cette décision, rétorque le capitaine, inflexible. C'est notre commandant en chef.

Anakin respecte le capitaine Ackbar : c'est un combattant courageux et un chef avisé. Il sait aussi que le sort de Mon Cala repose sur les épaules de Lee-Char et que les Calamariens ont besoin de le considérer comme un vrai chef. Cependant, à quoi bon se préoccuper de politique s'ils meurent tous au cours de la prochaine offensive quarren ? Il finit pourtant par s'incliner.

La place devient un véritable champ de bataille et les soldats calamariens se font littéralement massacrer. Le prince, affolé, regarde ses hommes tomber les uns après les autres.

— C'est horrible ! s'écrie-t-il en se rendant compte que son ordre a provoqué ce carnage.

Anakin tente alors sa chance directement auprès du prince.

— Votre Majesté, commence-t-il, cette position est intenable. Nous devons absolument vous mettre à l'abri.

Il se tourne ensuite vers le capitaine Ackbar.

— Vous savez que j'ai raison. Oubliez la tradition. Nous sommes en guerre !

Une fois encore, tout le monde attend que Lee-Char prenne une décision. Le jeune garçon est perdu.

Une partie de lui veut courir au palais et

s'y cacher jusqu'à la fin du conflit. Mais s'il s'enfuit, que vont-ils tous penser de lui ? Perdrait-il le respect de son peuple ? Ses hommes continueraient-ils à combattre l'invasion ou battraient-ils eux aussi en retraite ? Il doit montrer l'exemple. Il doit rester et se battre.

— Votre Majesté ? le presse Ackbar, qui attend une réponse claire.

Après une dernière seconde de réflexion, à peser le pour et le contre, Lee-Char lève la tête et soutient le regard du capitaine.

— Je dois rester ici, au milieu de mes soldats. Capitaine, lancez l'offensive !

Ackbar ne perd pas de temps. Il brandit son blaster et se jette dans la bataille. Tout autour de lui, les rayons de blaster fusent et l'eau est noire de fumée. Il distingue à peine les combattants des deux bords.

Tamson fend les flots, la gueule en avant. Ses monstrueuses mâchoires déchiquettent plusieurs Calamariens.

Paniqués et totalement désorganisés, les Calamariens se retrouvent dispersés. Ils n'arrivent pas à résister à l'assaut des Quarrens et des Séparatistes. Sentant que le découragement les envahit, Ackbar nage jusqu'au cœur de la bataille et hurle :

— Soldats, votre planète a besoin de vous, ne la laissez pas tomber !

Galvanisés par les paroles de leur chef, les soldats se rassemblent derrière lui en poussant des vivats. Enfin unis, ils chargent leurs ennemis.

Devant la tournure que prennent les événements, le prince se tourne vers Anakin et Padmé.

— Il faut prendre les aquadroïdes à revers, c'est notre seule chance !

Sans laisser le temps aux Jedi de lui répondre, le prince Lee-Char s'élance à son tour.

— Venez, dit-il, je connais un raccourci qui nous permettra de les attaquer par-derrière.

Anakin et Padmé n'ont d'autre choix que de lui emboîter le pas. Avec un petit groupe de soldats calamariens, ils le suivent à travers un labyrinthe de tubes de transport.

— Si on sort là, on devrait se retrouver juste derrière eux, déclare le prince à Anakin.

Il n'a pas plus tôt fini sa phrase qu'une énorme explosion retentit. L'instant d'après, le tube dans lequel ils se trouvent est atteint et des débris bloquent le passage.

— Et maintenant, que fait-on ? demande Padmé.

— Eh bien, rétorque Anakin, il ne nous reste plus qu'à trouver un autre plan.

Il regarde le prince.

— Des idées ? lui demande-t-il.

— J'espère que les renforts promis par la

République vont bientôt arriver, répond le prince.

À la surface de Mon Cala, à quelques mètres au-dessus de la mer, trois hélicoptères de combat de la République se stabilisent.

— Équipe Bleue, prête à sauter, annonce la Padawan Ahsoka Tano dans son comlink, alors qu'elle se prépare à sauter avec son équipe de clones SCUBA.

La Jedi Togruta attend la réponse des autres unités.

— Équipe Rouge en place, répond le clone commandant Monkk en premier.

Elle entend ensuite le capitaine Rex, qui se trouve sur le croiseur Jedi.

— Tous les escadrons sont en position, Général Fisto, l'entend-elle rapporter au chef des opérations. Vous pouvez vous déployer !

Dans le troisième hélicoptère de combat, le Jedi Kit Fisto attend lui aussi avec son escouade de clones SCUBA. Le Nautolan ne porte pas d'équipement de plongeur. Originaire de la planète Glee Anselm, un monde aquatique de la Bordure Médiane, il peut respirer sous l'eau aussi facilement qu'un Calamarien ou un Quarren. Kit Fisto a la peau verdâtre, de grands yeux noirs et des tentacules qui partent de sa tête et tombent sur ses épaules.

— On commence le déploiement dans…, déclare-t-il dans son comlink, trois… deux… un… partez !

Sur son ordre, Ahsoka, le commandant Monkk et leurs clones SCUBA plongent dans les profondeurs de Mon Cala, prêts à se battre.

CHAPITRE 4

L'offensive de la République

Puisque cet éboulement les empêche de prendre leurs ennemis à revers, Anakin, le prince, Padmé et leurs hommes décident de retourner sur leurs pas et de rejoindre le champ de bataille. Ils découvrent une situation catastrophique : les forces quarrens ont encore gagné du terrain ! Et si les Calamariens se battent comme des lions, on voit bien que leur combat est perdu d'avance. Ils ne réussiront jamais à défendre leur ville.

Nageant en direction du combat, Anakin

aperçoit soudain les troupes de la République qui arrivent en renfort.

— Les renforts ! crie-t-il. Les renforts arrivent enfin !

À leur tête, Kit Fisto pilote un sous-marin individuel à propulsion de la République. Il se lance dans le cœur de la bataille. Derrière lui, le commandant Monkk et ses clones SCUBA sont équipés d'une armure-combinaison de plongée noire et blanche, dotée d'un pack dorsal à propulsion pour leur permettre d'avancer rapidement sans nager. Ils sont aussi armés de blasters modifiés, les fusils blaster DC15, afin de pouvoir tirer dans l'eau.

— Équipe Rouge, en position, ordonne le commandant Monkk à ses hommes. Raccompagnons ces soldats quarrens chez eux, c'est-à-dire au fond !

— Compris, Commandant !

Et l'Équipe Rouge ouvre le feu.

L'armée quarren ne s'attendait pas à un assaut de la République. Surprise et mal préparée, elle recule et laisse les aquadroïdes passer devant.

— Et maintenant, débarrassons-nous de ces aquadroïdes ! tonne Fisto.

Il conduit son minisub au milieu des droïdes, puis saute de son véhicule et active son sabre laser.

Parfaitement à l'aise sous l'eau, le Jedi Nautolan fend en deux les aquadroïdes qui se ruent sur lui. Son équipe de clones SCUBA le suit de près.

— Apprenons à ces pignoufs des abysses une ou deux choses sur les combats aquatiques, s'exclame un clone SCUBA.

Les clones tirent avec précision et font mouche à chaque fois.

Les forces de la République prennent rapidement le contrôle de la situation. Les soldats calamariens se rassemblent derrière eux et, pour la première fois, commencent à se croire capables de défendre leur patrie.

L'intensité des combats baissant un peu, Padmé se retire et prévient Anakin :

— Je vais aller chercher la sénatrice Tills. En espérant qu'elle soit toujours vivante…

Personne n'a vu la sénatrice depuis que la réunion dans la salle du trône a été interrompue par la violence de l'attaque quarren.

— Fais attention ! crie Anakin à Padmé, qui part en nageant.

La laisser partir toute seule ne lui plaît pas beaucoup, surtout dans une zone de guerre.

À ce moment, le prince Lee-Char s'écrie :

— Attention !

Un aquadroïde vient de surgir derrière Anakin. Le Jedi se retourne et coupe le droïde en deux avant même qu'il ait eu le temps de lever son blaster.

L'entrée des forces de la République dans la bataille change la nature du conflit : c'est une guerre. Anakin n'a plus à rester sur la touche. Il peut enfin participer aux combats !

Il nage jusqu'à Lee-Char.

— Accroupis-toi et ne bouge pas, lui ordonne-t-il avant de se lancer, son sabre laser activé, dans le combat.

Dès qu'il voit Anakin entrer sur le champ de bataille, le capitaine Ackbar nage rapidement jusqu'au jeune garçon. Lee-Char entend les clameurs des soldats au loin.

— Vous entendez, Votre Majesté ? demande Ackbar. Ils vous acclament !

— Non, ils acclament leurs sauveurs, le corrige le prince Lee-Char en désignant les forces de la République.

— Alors, il faut vous débrouiller pour qu'ils vous acclament ! rétorque Ackbar en lui tendant un blaster. Allez-y, montrez-leur que vous êtes leur chef !

Puis, il retourne au combat, laissant Lee-Char méditer sur ces derniers mots.

Anakin plonge plus profondément dans la bataille, qui a repris en intensité. Les soldats quarrens, un moment désarçonnés, se sont repris et recommencent à pourchasser les Calamariens.

Anakin se retrouve soudain encerclé par un groupe ennemi. Tous se ruent en même temps sur le Chevalier Jedi. Anakin brandit son sabre laser pour se protéger. Mais un de ses adversaires l'attrape par-derrière et l'une de ses longues mains griffues se colle sur son casque amphibie. Anakin se débat pour se libérer de son emprise, seulement son attaquant est plus à l'aise que lui sous l'eau. Finalement, il parvient à se dégager mais, dans la manœuvre, il perd son casque et se retrouve privé d'air.

Anakin continue à lutter tout en retenant sa respiration. Il sait qu'il ne va pas tenir longtemps : il faut qu'il retrouve son casque. Il est beaucoup trop loin de la surface pour la rejoindre en nageant, surtout avec tous ces soldats quarrens qui lui barrent la route.

Concentrant toute son énergie, il se fraie un chemin à grands coups de sabre laser pendant que ses yeux fouillent chaque recoin de l'eau à la recherche de son casque de plongée. Un nouveau groupe d'aquadroïdes fond sur lui.

Anakin appelle alors la Force à la rescousse

pour repousser ses assaillants, toujours plus nombreux. Alors qu'il est sur le point de s'étouffer à cause du manque d'air, un feu nourri de blaster crée une brèche dans ses adversaires et une silhouette familière apparaît. C'est sa Padawan, Ahsoka Tano, à califourchon sur un minisub.

— Vous avez demandé des renforts ? dit-elle avec un sourire en décélérant, avant de lui tendre son casque, qu'elle venait de retrouver.

Anakin le remet en place et souffle pour purger l'eau qui s'y trouve. Il prend ensuite une longue inspiration et regarde son apprentie.

— Je… *respiration*… contrôlais… *respiration*… parfaitement la situation.

— Mais bien sûr !

Elle lui rit au nez.

— Je savais que vous diriez ça !

Ahsoka fait demi-tour et repart dans la mêlée. Le comlink d'Anakin s'allume au moment où il s'apprête à la rejoindre. C'est Padmé.

— Anakin, j'ai besoin de toi ici, en bas. C'est la sénatrice Tills… J'ai besoin d'aide pour la mettre en sécurité. Nous sommes devant le palais. Dépêche-toi !

Anakin nage jusqu'à Ahsoka.

— File protéger le prince, je veux que tu assures ses arrières. Je dois absolument rejoindre les sénatrices.

— J'y vais, Maître, répond Ahsoka, qui se dirige immédiatement vers le jeune garçon.

Anakin nage le plus rapidement possible vers le palais. Il y découvre que Padmé, Meena Tills et deux malheureux soldats calamariens tentent tant bien que mal de résister à une escouade de soldats quarrens.

Il leur tombe dessus et, avant qu'ils comprennent ce qui leur arrive, les met hors d'état de nuire. Puis, il escorte les deux sénatrices jusqu'au camp retranché de la République.

Le minisub d'Ahsoka fonce dans la direction que lui a indiquée son Maître. Le prince est seul et contemple de loin la bataille qui fait rage.

Dissimulée dans la pénombre, une paire d'yeux de requin fixe le prince sans défense. En arrivant, Ahsoka perçoit immédiatement la menace, mais avant qu'elle puisse réagir, Tamson bondit sur Lee-Char.

La jeune Jedi active son sabre laser et se précipite sur le Karkarodon.

Tamson l'esquive, ce qui permet à Ahsoka d'approcher Lee-Char.

— Sautez, Votre Majesté ! crie-t-elle.

— Excellente suggestion ! rétorque Lee-Char en attrapant l'arrière du sub.

Grâce à la conduite sportive de la Jedi, ils échappent à Tamson.

— Partons d'ici !

— Accrochez-vous, Votre Majesté ! hurle Ahsoka, alors qu'elle vire presque à 160° pour éviter les terribles mâchoires de Tamson.

— C'est ce que je fais ! rétorque le prince, qui se bat pour ne pas lâcher prise.

Ahsoka continue de zigzaguer à toute allure : elle espère atteindre un tube de transport où elle pourra mettre le jeune garçon à l'abri.

— Attention ! s'écrie Lee-Char en apercevant une équipe d'aquadroïdes. Ils viennent vers nous.

Derrière eux, Tamson se rapproche dangereusement. Il avance vraiment très vite. Elle doit absolument se débarrasser des droïdes si elle veut s'en tirer.

— On lâche tout ! hurle-t-elle en sautant en même temps que Lee-Char du sous-marin, qui continue à foncer sur les aquadroïdes.

L'engin explose au moment de l'impact, libérant le passage et permettant à Ahsoka et au prince de s'engouffrer dans le tube de transport le plus proche.

Tamson se rue sur la paroi du tube de transport, mais il a beau s'y reprendre à plusieurs reprises, elle résiste.

— Tant que nous sommes à l'intérieur, nous sommes en sécurité, dit Lee-Char à Ahsoka.

Tamson tente une fois encore de faire exploser la paroi : il se jette dessus avec violence, la gueule béante. Mais lorsqu'apparaît une brigade de soldats calamariens qui le mitraillent avec leurs blasters, il décide d'abandonner.

Pour l'instant…

CHAPITRE 5

Le deuxième assaut

Un vaisseau Séparatiste plane au-dessus de l'immensité des océans de Mon Cala. Des conteneurs sans étiquette tombent dans la mer par les portes ouvertes de la soute.

Dans la pénombre de la forêt d'algues du fond de l'eau, Nossor Ri et Riff Tamson attendent la mystérieuse livraison du cargo Séparatiste.

Nossor Ri commence à douter de l'efficacité des forces Séparatistes : ils ne se débrouillent pas si bien que ça contre l'Armée de la République. On lui avait pourtant promis des combattants d'élite pour aider les Quarrens à prendre le pouvoir sur Mon Cala…

De toute évidence, ça ne se passe pas aussi bien que prévu. Mais malgré cette déception, Nossor Ri est content que les aquadroïdes soient en première ligne. Il préfère assister à leur destruction qu'au massacre de ses hommes.

— Vos aquadroïdes ne font pas vraiment le poids face à l'Armée de la République, déclare-t-il à Riff Tamson. Qu'est-ce qui vous fait croire que les armes secrètes que l'on nous apporte de votre planète vont nous permettre de faire la différence ?

Tamson sourit. Un sourire qui découvre une belle rangée de dents de requin.

— Ces armes sont mi-organiques, mi-mécaniques, explique-t-il. Nous les appelons des « méduses hydroïdes ». Elles sont invincibles !

Nossor Ri regarde les conteneurs tomber les uns après les autres au fond de l'océan. De chacune de ces énormes boîtes de la taille

d'un immeuble sort une méduse hydroïde. Ces monstrueuses créatures ressemblent à des méduses phosphorescentes géantes avec de longs tentacules électrifiés.

Tamson et Nossor Ri inspectent la livraison. Le chef des Quarrens est content. Il a choisi le camp des Séparatistes parce qu'il veut le pouvoir et ces nouvelles armes vont sans doute le lui offrir. Depuis des générations, les Quarrens vivent sous la férule d'un roi calamarien. Il est temps que la roue tourne en leur faveur.

Même si cela signifie s'allier avec le Comte Dooku et des Séparatistes comme Tamson.

Ces derniers ont promis à Nossor Ri de porter les Quarrens au pouvoir officiellement dès la capitulation du camp calamarien. Il sera alors en mesure de reconstruire le monde et ce sera l'aube d'une nouvelle ère pour les Quarrens et les Calamariens.

Après avoir ramené les sénatrices dans le camp retranché de la place principale, sous la protection des forces de la République, Anakin rejoint Kit Fisto sur le front.

La bataille est visiblement en train de tourner en faveur des forces combinées de la République et des Calamariens. Les soldats quarrens et les aquadroïdes commencent à battre en retraite.

— Apparemment, ils retournent dans leurs

vaisseaux, dit Kit Fisto. Il semblerait que nous ayons gagné ce round.

— Nous avons de la chance d'avoir survécu au premier assaut, ajoute le capitaine Ackbar, qui vient de nager jusqu'à eux.

Anakin doute de cette apparente victoire.

— Ils auraient facilement pu nous vaincre avec leurs droïdes, dit-il.

Kit Fisto est d'accord avec lui. Il sort ses jumelles électroniques et observe avec attention les forces Séparatistes qui se retirent.

— Les droïdes sont en train de prendre position dans la barrière de corail, annonce-t-il. Ils se rassemblent probablement en vue d'une deuxième attaque.

— Pourquoi se cachent-ils dans le corail ? se demande Anakin à voix haute.

— Retournons en ville, dit Ackbar. Nous devons nous préparer au prochain assaut.

Dans le camp de base de la place principale érigé à la va-vite, les forces de la République et les Calamariens se dépêchent de se regrouper et de s'organiser. Ils installent un dispensaire et un centre de ravitaillement dans les tubes de transport au-dessus de la place.

En découvrant la présence des sénatrices, le prince se précipite pour les accueillir.

— Sénatrice Tills, je suis heureux de voir que vous êtes saine et sauve.

— Moi aussi, répond la sénatrice en hochant la tête, je suis ravie de voir que vous vous en êtes sorti. Il y a beaucoup à faire maintenant que notre ennemi a battu en retraite.

— Justement, nos hommes sont en train de renforcer les lignes de front, lui apprend le prince. Et nous avons ouvert plusieurs centres d'aide à travers la ville.

La sénatrice ne relève pas : elle ne parle pas de ça.

— Votre Majesté, il faut vous préparer à dicter les termes d'une capitulation aux Quarrens.

Le prince n'en revient pas. Ils ont peut-être réussi à repousser les Quarrens, mais il sait très bien qu'ils ne les ont pas vaincus.

Anakin, Fisto et le capitaine Ackbar arrivent à leur tour sur la place et repèrent tout de suite le jeune prince en grande conversation avec la sénatrice.

— Qu'est-ce qui se passe là-bas, à votre avis ? demande Anakin. Le prince n'a pas l'air content.

— Effectivement, il a même l'air furieux, approuve Ackbar en nageant dans la direction de son souverain.

Les deux Jedi le suivent et ne tardent pas à entendre ce que dit la sénatrice.

— C'est votre devoir de prince de Mon Cala – de futur roi – d'exiger la capitulation des Quarrens, déclare-t-elle.

— Pas si vite, Madame la Sénatrice, intervient Ackbar. Je ne pense pas que nous soyons en position d'exiger quoi que ce soit des Quarrens. Il n'y a aucune raison qu'ils cèdent aussi facilement.

— Je suis d'accord avec le capitaine Ackbar, l'appuie Lee-Char. Je connais les Quarrens. Ils ne se rendront pas.

— Nous avons peut-être gagné une bataille, explique Anakin, qui vient de les rejoindre, mais ce n'est pas la dernière.

— C'est juste une question de temps avant que les Quarrens ne lance une nouvelle attaque, Madame la Sénatrice, ajoute Ackbar. Nous devons nous assurer que nos militaires sont prêts pour un deuxième assaut. Je ne veux pas que nous soyons une nouvelle fois pris par surprise.

Derrière son casque amphibie, Anakin prend une profonde inspiration. L'espace d'un instant, il semble ailleurs.

— Je sens que la vraie bataille est sur le point de commencer, affirme-t-il.

Il n'a pas fini de prononcer cette phrase qu'un grondement sourd lui fait écho. Tous tournent la tête en direction de ce bruit menaçant… Les méduses hydroïdes approchent ! Ces créatures géantes illuminent l'eau qui les entoure grâce aux arcs énergétiques que leurs tentacules électrifiés génèrent.

Le prince Lee-Char est pétrifié.

— Comment se défendre contre des monstres pareils ?

— Ça ne va pas être facile, soupire Anakin en activant son sabre laser.

— Venez avec moi, Votre Majesté, ordonne la sénatrice Tills. Je vais vous mettre en sécurité.

Le prince regarde Ackbar, qui s'apprête à suivre Anakin.

— Non, refuse le jeune garçon. Ma place est auprès de mes hommes.

— Vous m'avez demandé d'apprendre au prince à devenir un roi, s'immisce Ackbar. Et c'est bien ce que j'ai l'intention de faire.

— Je vous ai surtout demandé d'assurer

sa sécurité, Capitaine, rétorque-t-elle. Ne l'oubliez pas !

— Soldats ! En position ! crie Fisto en activant son sabre laser.

Les clones SCUBA et les Calamariens s'alignent et attendent l'ordre d'attaquer. Le prince Lee-Char s'empare d'un blaster et prend place devant eux : c'est à lui de mener l'attaque.

Le capitaine Ackbar se met à côté de lui.

— Ne tirez pas avant que le prince ne vous en donne l'ordre !

Ackbar observe l'avancée des méduses hydroïdes, il guette le bon moment. Le prince Lee-Char serre nerveusement son blaster contre lui. C'est la première fois qu'il participe à une bataille.

Lorsqu'il juge les méduses à portée de tir, Ackbar se tourne vers le jeune prince.

— Maintenant, Votre Majesté.

Le prince Lee-Char hoche la tête et, après un dernier regard à Ackbar, hurle :

— À l'attaque !

Immédiatement, les soldats tirent une première salve. Mais les rayons rebondissent sur leur peau. Leurs armes n'ont aucun effet sur ces monstres géants.

Derrière les méduses arrive Tamson, à la tête d'une armée d'aquadroïdes. Une armée immense, beaucoup plus nombreuse que celle des forces de la République et des Calamariens réunies !

Anakin et Ahsoka retournent auprès du prince. Ils n'ont plus qu'un seul objectif : protéger le jeune garçon.

— Ahsoka, ordonne Anakin à sa Padawan, trouve-nous un moyen de sortir d'ici !

Ahsoka avance derrière son Maître qui pare le tir nourri des Séparatistes avec son sabre laser.

— Prince Lee-Char, connaissez-vous un lieu sûr ?

— Pas question que je fuie devant l'ennemi ! s'énerve Lee-Char. Nous devons faire preuve de courage !

Ackbar déteste désobéir à son souverain, mais il sait que les Jedi ont raison.

— Il y a un temps pour se battre et un temps pour se retirer, affirme-t-il gravement. Et là, il est temps de se retirer.

Lee-Char baisse son arme. Il a toute confiance dans le capitaine Ackbar. Dans sa loyauté comme dans sa sagesse.

— L'endroit le plus sûr, ce sont les grottes.

— Je suis d'accord, approuve Ackbar. Suivez-moi.

Anakin et Fisto continuent à repousser ce deuxième assaut meurtrier pendant que les autres suivent Ackbar dans les profondeurs marines.

Kit regarde Anakin.

— Vas-y. Je m'occupe de les retenir.

Sa condition de Nautolan fait de lui un meilleur guerrier sous-marin qu'Anakin. Le Jedi n'a pas envie de laisser Maître Fisto seul, mais il sait que les autres ont besoin de lui.

Il file les rejoindre, les dépasse sans s'arrêter et hurle en continuant à nager à toute allure.

— Allez ! On se dépêche !

CHAPITRE 6

Un repli stratégique

Lorsque Nossor Ri et ses troupes prennent possession de la place principale de Mon Cala City, ce n'est plus qu'un champ de ruines.

Les méduses hydroïdes et les aquadroïdes ont chassé les soldats calamariens et leurs alliés hors de la ville. La métropole, qui était, il y a encore quelques heures, foisonnante d'activités, n'est plus qu'un tas de décombres vide.

Nossor est ravi. Le Comte Dooku a tenu sa part du marché en offrant une victoire rapide

aux Quarrens. Visiblement, la bataille est presque terminée.

Dès que les Calamariens se seront rendus, le carnage prendra fin. C'est dommage d'avoir dû déclencher une guerre, mais c'était le seul moyen pour que les Calamariens renoncent au trône !

Il se demande si le prince est encore en vie. Il n'a rien contre lui en particulier et c'est vrai que son père, le roi Yos Kolina, était l'un de ses amis proches. Peut-être pourrait-il offrir un poste au gamin dans son gouvernement ? Une façon de sceller la réconciliation entre leurs deux peuples.

— Fouillez le coin à la recherche de survivants ! ordonne-t-il à ses hommes. Et sécurisez le périmètre !

Riff Tamson nage jusqu'à lui.

— Qu'est-ce qui vous a pris si longtemps, bande de calamars ? demande Tamson, curieux de savoir pourquoi Nossor Ri et ses hommes n'ont pas pris part à la bataille. On vous avait dit de participer à l'invasion.

Tamson commence sérieusement à lasser Nossor Ri. Il a été envoyé sur Mon Cala en tant qu'ambassadeur des Séparatistes, et en tant que conseiller. Et maintenant, il a l'impression qu'il est en charge des opérations militaires.

Cette guerre, c'est celle des Quarrens, et c'est lui, Nossor Ri, le dirigeant des Quarrens. Il est donc leur commandant militaire en chef. Tamson et son armée de droïdes ne sont là que pour l'assister.

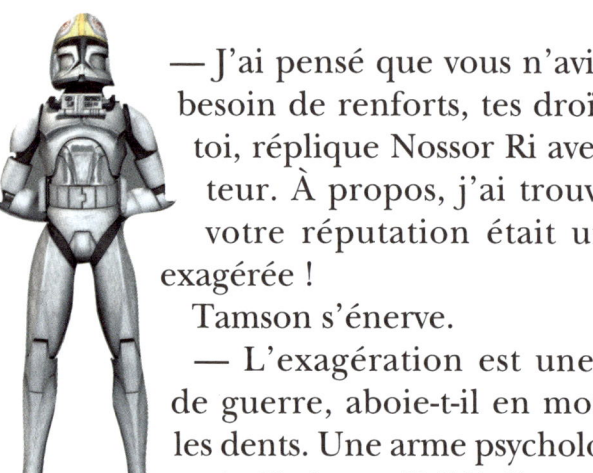

— J'ai pensé que vous n'aviez pas besoin de renforts, tes droïdes et toi, réplique Nossor Ri avec hauteur. À propos, j'ai trouvé que votre réputation était un peu exagérée !

Tamson s'énerve.

— L'exagération est une arme de guerre, aboie-t-il en montrant les dents. Une arme psychologique qui effraie et affaiblit l'ennemi.

— Soit, soit… Quoi qu'il en soit, célébrons cette journée qui s'est bien passée. C'est un jour victorieux…

Soudain, Tamson saisit Nossor par la gorge.

— Désobéis une nouvelle fois à un ordre du Comte Dooku, grogne-t-il, et je te tue sur-le-champ.

Nossor Ri a du mal à respirer. Les gardes quarrens se précipitent pour venir au secours de leur chef. Le Karkarodon éclate de rire et desserre sa prise si brusquement que Nossor Ri manque de tomber en arrière.

Le Quarren parvient à rester debout et, pendant qu'il récupère son souffle, il regarde Tamson s'éloigner.

Une forte nausée le submerge. Il a peut-être fait une erreur d'appréciation en permettant aux Séparatistes de s'impliquer dans leur lutte. Mais, avec un peu de chance, ils ne vont pas tarder à repartir, maintenant que la guerre est quasiment terminée.

Le capitaine Ackbar guide le petit groupe dans les grottes de corail qui s'étendent comme un vaste labyrinthe sous Mon Cala City.

— Même les gens qui ont grandi dans le coin ont du mal à retrouver leur chemin dans ces caves, déclare Ackbar. Nous sommes en sécurité ici. Pour un moment, en tout cas.

— D'accord. Tout le monde dans les grottes,

ordonne Anakin, qui prend la direction des opérations. Je vais attendre Maître Fisto ici et ensuite, on vous rejoint.

Avant qu'elle entre dans la grotte, Anakin attrape Ahsoka par la manche.

— Garde un œil sur le prince, d'accord ? lui dit-il à voix basse. J'ai l'impression que la sénatrice Tills lui donne de mauvais conseils. Et Ackbar et les autres Calamariens refusent de remettre en question la parole du prince. Nous devons nous assurer qu'il a bien une vision globale de la situation.

— Compris, Maître, dit-elle avant de suivre les autres dans la grotte.

Anakin retourne sur ses pas à la recherche de Kit Fisto. Alors qu'il approche du champ de bataille, le bruit des explosions devient de plus en plus fort. Il distingue au centre de ces explosions une lumière verte qui bouge à une vitesse incroyable.

Le sabre laser de Kit Fisto ! Anakin se précipite à ses côtés. Au moins une dizaine d'aquadroïdes entourent son ami.

— J'ai pensé que tu ne serais pas contre un peu d'aide, lance Anakin en décapitant deux droïdes.

— Ne t'avais-je pas dit de t'occuper des autres ? réplique Kit Fisto avec un large sourire. Je maîtrise la situation.

Anakin utilise la Force pour pousser violemment un des droïdes sur les autres. Une collusion qui provoque une explosion tonitruante.

— Oui, bien sûr, c'est ce que je vois !

— Bon, maintenant, puisque tu es là, autant que tu restes pour me donner un coup de main !

En quelques minutes, les deux Jedi se débarrassent des aquadroïdes restants. Ils descendent ensuite vers les grottes de corail.

Tous les survivants se sont réunis dans une grotte. Deux clones SCUBA gardent l'entrée pendant qu'Anakin, Kit Fisto et Ahsoka installent le campement. Padmé, la sénatrice Tills et le capitaine Ackbar, eux, discutent avec le prince.

— Nous devons contacter le Conseil pour leur réclamer des renforts, dit Anakin à l'autre Jedi. Tout de suite ! Ces créatures… Je n'ai aucune idée de ce qu'elles sont, mais je sais que ce ne sont pas des Quarrens. Les Séparatistes sont derrière ça et si on ne réagit pas très vite, ils vont réussir à mettre la main sur tout le système. Cette guerre civile peut très bien déboucher sur une guerre interplanétaire.

— Je suis d'accord avec toi, approuve Kit Fisto. Il faut informer le Conseil des derniers développements de ce conflit.

Il sort son comlink et tente d'entrer en contact avec le Conseil Jedi, basé à Coruscant.

— Il semblerait que les parois de cette grotte bloquent les communications. Il faut que je trouve un endroit où le signal passe mieux.

— Si on ne peut pas communiquer avec le Conseil, on est morts, dit Padmé. Combien de temps peut-on rester ici ?

— Tant que la vie du prince est menacée, je pense qu'il vaut mieux que nous restions ici où il est en sécurité, répond la sénatrice Tills.

— Malgré tout le respect que je vous dois, Madame la Sénatrice, il faudra bien que l'on quitte cet endroit, intervient Anakin. Si nous n'arrivons pas à parler à Maître Yoda, alors il faudra sortir de cette grotte et affronter seuls l'armée qui est dehors.

La sénatrice jette un regard noir au Jedi.

— Maître Jedi, la République vous a dépêchés ici pour assister le peuple calamarien, pas pour mettre le prince en danger, rétorque-t-elle. Je refuse de laisser le prince courir encore le moindre péril !

Le capitaine Ackbar entre dans la discussion.

— La sénatrice a raison, mais les Jedi aussi. Nous devons absolument protéger le prince. C'est notre objectif premier. Il nous mènera à la victoire, j'en suis convaincu. Cependant, on ne peut pas l'obtenir en restant terrés dans une grotte. Nous n'avons pas d'autre choix que de nous battre. C'est ce qu'aurait fait le roi Kolina et c'est – j'en suis certain – ce que va faire le prince Lee-Char.

Le prince se lève alors et nage jusqu'au centre de la grotte.

— Tout le monde, s'il vous plaît. Je voudrais remercier les Jedi et leurs clones, mes soldats et vous tous qui m'accompagnez dans cette épreuve. J'aurais souhaité faire beaucoup plus pour mon peuple. Peut-être alors que tout cela nous aurait été épargné… J'ai cru que je pouvais vous diriger à la place de mon père. Mais je ne suis pas le roi Yos Kolina. Je vous ai fait défaut et j'ai fait défaut au peuple de Mon Cala.

— Non, proteste Ackbar en venant se placer à ses côtés, votre père aurait été fier de vous.

— Fier ? Mais nous avons perdu !

— Aujourd'hui, vous avez pris la leçon la plus rude que puisse prendre un chef, rétorque Ackbar. Accepter de survivre pour continuer à se battre. Il y aura d'autres batailles durant cette guerre, mon jeune prince. Et il y aura d'autres combats à mener pour vous – et pour nous tous –, parce que vous êtes notre souverain.

— Mais on ne peut pas gagner ! s'écrie le prince.

— Plus d'une fois, répond Ackbar, j'ai vu

votre père rétablir des situations qui semblaient plus que désespérées. Je suis convaincu que vous allez trouver un moyen de remporter cette guerre !

CHAPITRE 7

Les plans du Comte Dooku

Assis sur le trône du roi Kolina, Riff Tamson discute avec l'hologramme du Comte Dooku qui se dresse devant lui. À côté du Karkarodon, Nossor Ri arbore un air défait.

Le chef des Quarrens est mal à l'aise. Quelques heures plus tôt, il était le dirigeant d'un noble peuple qui se battait pour son indépendance et maintenant… maintenant, il ne sait plus trop ce qu'il est !

Nossor Ri lève la tête vers le trône et dé-

couvre que Riff Tamson s'est installé sur le trône. Ce fauteuil sacré où de nobles rois se sont assis, génération après génération !

C'est vrai qu'il a désiré de toutes ses forces la fin de la monarchie calamarienne, mais il n'a jamais voulu que cela se passe comme ça. Après le meurtre du roi, son ami, il a refusé de se demander qui avait bien pu commettre ce crime.

L'occasion est trop belle ! s'était-il juste dit. Pour Nossor Ri, la proposition du Comte Dooku d'aider les Quarrens à gagner leur indépendance en échange de leur ralliement à l'Alliance Séparatiste et la mort du roi n'était qu'une coïncidence. Un peu trop parfaite, peut-être… Il sait maintenant que Dooku est responsable de la mort de son ami. Il n'y a pas d'autre explication.

Le Comte Dooku observe avec attention les

deux hommes qui ont dirigé l'invasion de Mon Cala. Le chef des Séparatistes apprécie la force et l'impitoyable cruauté de Riff Tamson, mais le Quarren, en revanche, se révèle encore plus faible qu'il ne le pensait. Dooku devine que le Quarren commence à regretter sa décision de les avoir rejoints. Mais il a besoin que cette invasion se termine rapidement. Il pourra ensuite s'occuper de Nossor Ri.

— Vous avez capturé le jeune prince ? demande-t-il à son commandant.

— Malheureusement non, Mon Seigneur, répond Tamson. Il a réussi à nous échapper en se cachant avec les Jedi et ce qui reste de son armée.

Au mot « Jedi », le visage de Dooku se durcit. Il sait qu'Anakin Skywalker fait partie des survivants et qu'il sera l'un de ses adversaires les plus difficiles à vaincre.

— Ne sous-estime pas ce garçon, rappelle-t-il à Tamson. Il ne doit pas devenir un symbole pour les Calamariens.

— Cet enfant n'est qu'un lâche, proteste

Tamson. Il n'a rien d'un chef !

Dooku regarde le Karkarodon.

— Cette remarque n'est pas pertinente. Pour ne pas dire idiote ! Le simple fait de murmurer son nom peut suffire à ranimer l'espoir et nous ne pouvons pas nous permettre que notre ennemi espère.

Contrit, Tamson hoche la tête.

— Bien, Mon Seigneur, je m'en occupe. La planète sera bientôt à nous. Dès que nous aurons réuni et enfermé tous les Calamariens encore vivants, il n'aura plus d'endroit où se réfugier et personne pour l'aider.

Nossor Ri sent que la situation lui échappe. Dooku et Riff Tamson contrôlent Mon Cala.

— Excusez-moi, Comte Dooku, mais que comptez-vous faire des prisonniers ? demande-t-il avec inquiétude.

— Nous avons installé des camps d'internement sous la ville, lui apprend Dooku.

Réunissez-y tous les prisonniers et mettez-les au travail !

— Je suppose que vous ne voulez pas qu'on les mette tous au travail, le reprend Nossor Ri. Les femmes, les enfants…

— Les femmes et les enfants aussi, l'interrompt Dooku. C'est bien compris ?

La lueur mauvaise qui brûle dans les yeux de Dooku convainc Nossor Ri de ne pas insister. Il commence à se rendre compte que, s'il ne fait pas très attention, il ne sortira pas vivant de cette guerre.

— Oui, Mon Seigneur, réplique Nossor Ri, terrifié.

Satisfait de voir que Nossor Ri a compris la gravité de la situation, Dooku se tourne vers le Karkarodon.

— Tamson, je t'envoie des renforts. Garde-les en réserve et attends le prochain mouvement de la République, ajoute Dooku.

— Comme vous le souhaitez, Comte Dooku, réplique Tamson pendant que l'hologramme tremblote, puis s'évanouit.

Ahsoka Tano nage avec précaution dans l'épaisse forêt d'algues qui couvre le fond de l'océan. Mon Cala est très loin du Temple Jedi de Coruscant. Elle se demande si elle reverra un jour un ciel ensoleillé. Depuis leur arrivée sur Mon Cala, elle n'a vu que de l'eau grise et trouble.

Jamais elle n'a passé autant de temps sous l'eau. Elle aime bien nager, mais elle n'est pas comme Maître Fisto et le capitaine Ackbar, et la terre ferme commence à lui manquer !

Un mouvement au loin attire son attention et la ramène au moment présent. Elle ralentit et s'enfonce dans les algues. Maître Fisto l'a envoyée étudier les alentours. Connaître le terrain peut se révéler utile s'ils doivent s'enfuir rapidement.

Ce n'est qu'un banc de petits poissons, et c'est le seul signe de vie qu'elle a vu depuis qu'elle a quitté la grotte ! Rassurée, elle décide de retrouver les autres et fait demi-tour.

Ahsoka s'enfonce dans le labyrinthe des grottes et passe devant deux clones SCUBA qui gardent l'entrée de l'une d'elles.

En entrant, elle sourit au prince Lee-Char et s'arrête à sa hauteur. Le Jedi Kit Fisto a trouvé un endroit où le signal de son comlink passe : il discute avec les hologrammes de Mace Windu et de Yoda. La transmission est très mauvaise et Fisto a du mal à faire son rapport.

— Nous avons perdu le contact avec le reste de nos hommes, rapporte Kit Fisto. Les Quarrens nous ont tendu une embuscade ! Ils avaient préparé leur attaque avant qu'il soit question de pourparlers de paix. Le commandant Monkk manque lui aussi à l'appel.

L'hologramme vacille et s'éteint même quelques secondes.

— Désespérée la situation est, répond Yoda, la voix à moitié couverte par les grésillements. Renforcer votre position avec d'autres clones…

L'hologramme crépite, puis le son disparaît.

— Maître, pouvez-vous répéter, s'il vous plaît ? demande Fisto. Vous nous envoyez des renforts, c'est ça ?

L'hologramme s'éteint alors complètement. Les parois de la grotte sont trop épaisses ! Tant qu'ils resteront terrés dans cet endroit, ils ne pourront pas communiquer avec le Conseil Jedi.

Le prince Lee-Char s'approche du Maître Jedi. Ahsoka et le capitaine Ackbar aussi. Les autres ne bougent pas, mais écoutent.

— Ils arrivent ? demande le prince. La République envoie-t-elle des renforts ?

— Je ne sais pas, répond Kit Fisto.

— Mais ils connaissent notre situation. Ils doivent savoir que nous avons besoin d'aide, argumente Lee-Char.

Anakin s'avance. Il aimerait se montrer optimiste et leur annoncer que les renforts sont sur le point d'arriver, mais il s'est déjà retrouvé dans ce genre de situation.

— Humm… Ça peut leur prendre un moment… On ferait mieux de trouver un moyen de remonter à la surface et de quitter cette planète.

Lee-Char se tourne vers lui.

— Il n'est pas question que j'abandonne mon peuple à une mort certaine, déclare-t-il avec conviction.

Du regard, il cherche le soutien des autres. Il n'arrive pas à croire que le Jedi suggère d'abandonner tout le monde sur Mon Cala, y compris ses propres clones.

— Malgré tout le respect que je vous dois, Votre Majesté, rétorque Anakin, si nous restons ici, nous allons tous mourir. Une fois loin de cette planète, nous pouvons nous regrouper, mettre sur pied une vraie force d'invasion et revenir pour sauver votre peuple.

Padmé lance un regard rassurant au jeune prince.

— Si nous voulons partir, nous devons d'abord retourner à la surface et vérifier que notre vaisseau est toujours là. C'est notre seule chance.

— Padmé a raison, reprend Anakin. Notre

premier objectif est de parvenir à monter dans ce vaisseau. Je propose que…

— C'est au prince de décider de notre plan d'action, l'interrompt le capitaine Ackbar.

Anakin et Padmé le regardent, atterrés. Ils avaient espéré pouvoir compter sur son soutien.

Ackbar sait pourtant très bien que le Jedi et la sénatrice ont raison : le prince a toutes les chances de se faire prendre s'il reste sur la planète. Il se rapproche du jeune garçon et ajoute :

— Mais nous devrions probablement suivre leur conseil. Nous ne pouvons pas faire grand-chose pour notre peuple pour l'instant.

Le prince réfléchit silencieusement à la situation. Il finit par relever la tête et regarder Padmé et Anakin droit dans les yeux.

— Je pense que nous devons tenter de nous échapper de Mon Cala en utilisant votre vaisseau.

— À vos ordres, Votre Majesté ! dit Anakin. Et maintenant, suivez-moi !

CHAPITRE 8

Le Conseil Jedi

Loin, très loin de la bataille qui fait rage sur Mon Cala, le Conseil Jedi se réunit en urgence. L'assemblée prend place dans le Temple Jedi, une immense structure dotée de cinq tours qui domine Coruscant. Ce temple abrite l'Ordre Jedi depuis des milliers d'années.

L'Ordre Jedi est un groupe constitué de membres originaires de toute la galaxie qui consacrent leur vie à maîtriser la Force – un champ d'énergie qui entoure tous les êtres

vivants et qui lie toutes les particules de l'univers ensemble. C'est cette énergie qui donne aux Jedi leurs pouvoirs.

Les Jedi commencent très jeunes leur formation. Ils sont encore des enfants lorsqu'ils quittent leur famille pour être élevés au Temple Jedi. C'est là qu'on leur apprend à contrôler leurs émotions et comment entrer en fusion avec la Force.

Ils apprennent ensuite à manier un sabre laser, puis deviennent des Padawan, c'est-à-dire des apprentis qui reçoivent un entraînement intensif sous la direction d'un Chevalier Jedi. Ils deviennent par la suite des Chevaliers Jedi et certains même des Maîtres Jedi.

Ceux qui siègent au Conseil sont choisis parmi les plus expérimentés. C'est à eux qu'incombe la responsabilité de surveiller les Jedi éparpillés à travers la galaxie.

À l'intérieur de la salle du Conseil, Mace

Windu est assis à côté de Maître Yoda. Les autres Maîtres – Obi-Wan Kenobi, Plo Koon, Adi Gallia, Luminara Unduli et Saess Tiin – sont présents par hologramme interposé.

Le Conseil écoute Yoda expliquer la situation désastreuse de Mon Cala. Un hologramme de la planète flotte devant lui.

Non seulement leurs compagnons Jedi sont en danger, mais l'avenir de Mon Cala et de ses habitants, les Calamariens, est en danger lui aussi. Les Jedi doivent trouver une solution à ce conflit.

— De leur envoyer des renforts, essayer nous pourrions, mais minces nos ressources sont. Comme vous le savez tous, nos clones combattants sur plusieurs fronts sont engagés. Des jours cela va nous prendre avant d'équiper un régiment entier de clones SCUBA.

— Des jours que nos amis n'ont pas, ajoute Obi-Wan Kenobi, l'ami et l'ancien Maître d'Anakin. Je crains que si nous n'agissons pas très rapidement, nous aurons très peu de chance de réussir à les secourir. Dooku nous

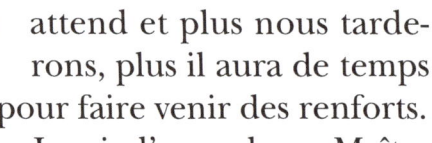

attend et plus nous tarderons, plus il aura de temps pour faire venir des renforts.

— Je suis d'accord avec Maître Kenobi, approuve Plo Koon.

Yoda hoche la tête. Les autres Jedi réfléchissent au problème.

— Ailleurs que chez les clones, des armées susceptibles de nous aider, peut-être devrions-nous chercher ? avance-t-il.

— Qu'est-ce que vous suggérez ? demande Mace Windu.

Yoda fait un geste en direction de l'hologramme de la planète de Mon Cala. L'image disparaît rapidement pour laisser la place à une carte de la galaxie. Plusieurs planètes bleues se mettent à tourner et l'une d'entre elles devient rouge.

— Un allié adéquat nous devons trouver pour nous aider à accomplir notre mission, déclare Yoda.

Obi-Wan esquisse un léger sourire lorsqu'il reconnaît la planète rouge sélectionnée par son ami. C'est une planète qu'il connaît bien.

— Naboo !

— Exactement. Les Gungans nous devons contacter, explique Yoda.

— Excellente idée ! s'exclame Mace Windu. Contactons-les immédiatement.

Les deux mains sur sa canne, Yoda réfléchit à la suite des événements. Impliquer de nouveaux mondes dans ce conflit risque de créer plus de problèmes qu'en résoudre. Il y a déjà trop de guerres dans la galaxie !

Les aquadroïdes et les soldats quarrens fouillent le labyrinthe des grottes sous-marines à la recherche du prince et des Jedi.

Dissimulés dans la pénombre, Padmé et Anakin observent leurs ennemis qui patrouillent.

Anakin tente de déterminer la route la plus sûre pour quitter la grotte, traverser la cité occupée et atteindre la surface.

— Il y a beaucoup de troupes ennemies entre la surface et nous, constate Padmé.

— Ce n'est pas un problème, rétorque Anakin. J'espère juste que tu es une bonne nageuse.

Padmé sourit.

— Dit le garçon de la planète désertique !

Padmé et Anakin se sont rencontrés sur la planète désertique de Tatooine lorsqu'ils étaient enfants. Padmé était avec Obi-Wan Kenobi et son Maître, Qui-Gon Jinn, lorsqu'ils ont trouvé Anakin et découvert qu'il avait un lien surprenant avec la Force.

La sénatrice Tills les rejoint en nageant.

— Vous êtes certains que le vaisseau est toujours là ? demande-t-elle.

— Il n'y a qu'une seule façon de le savoir, répond Anakin.

— Je vais créer une diversion pour que vous puissiez passer ces patrouilles, dit Kit Fisto, qui, lui aussi, les a rejoints.

— D'accord, dit Anakin. Si tu peux nous trouver un minisub ou deux, ça nous aiderait à rejoindre la surface plus rapidement.

— Pas de problème ! rétorque Fisto.

Il repère rapidement une patrouille de soldats quarrens, qui escorte, se rend-il compte en s'approchant, un groupe de clones prisonniers.

L'eau a beau être trouble, il reconnaît immédiatement le commandant Monkk parmi eux. Kit décide de trouver un moyen pour les libérer.

Parfaitement à l'aise dans l'eau, Kit Fisto se débrouille pour dépasser la patrouille sans se faire remarquer. Il remonte ensuite légèrement et revient vers eux pour se poster dans le champ de vision du commandant Monkk sans attirer l'attention des Quarrens. Quand il estime le commandant assez proche, il lui fait un petit signe de la main pour le prévenir de se tenir prêt.

Monkk a compris le message. Quelques secondes plus tard, Kit Fisto surgit de sa cachette et saute sur le soldat quarren qui pilote un minisub. Les Quarrens se ruent sur lui, mais il les met rapidement hors d'état de nuire, puis, grâce à la Force, il envoie le minisub à Anakin, qui attend plus bas avec les autres.

— Ahsoka, à toi l'honneur, ordonne Anakin. Prends le prince et la sénatrice Tills avec toi.

Ahsoka enfourche le minisub quarren, et Lee-Char et la sénatrice Tills s'accrochent derrière elle. Immédiatement, Ahsoka met les gaz et fonce vers la surface.

Pendant ce temps-là, Kit Fisto se dépêche de libérer le commandant Monkk, avant l'arrivée d'une nouvelle patrouille ennemie. Une fois qu'il l'a détaché, il lui donne un blaster.

— Commandant, libérez vos hommes et suivez-moi. Si on bouge assez vite, on aura peut-être la chance de quitter cette planète. Mais avant, il faut que je réquisitionne au moins un

autre de ces minisubs et j'ai besoin que vous me couvriez.

— Compris, Général, réplique le commandant Monkk.

Il a à peine terminé de détacher ses hommes qu'un nouveau groupe de soldats quarrens leur tombe dessus. Les clones SCUBA leur arrachent leurs armes et les tuent.

— C'est bon, les gars. Maintenant, on doit couvrir le général, ordonne Monkk.

— Compris, Commandant, répliquent ses hommes en mitraillant à tout-va.

Son sabre laser activé, Kit Fisto part à l'assaut de la première patrouille dotée d'un minisub qu'il rencontre.

Le blaster du minisub le mitraille pendant qu'il massacre les soldats quarrens qui se trouvent sur son chemin. Mais le Jedi continue d'avancer : en désespoir de cause, le pilote quarren lui fonce dessus.

Juste avant l'impact, Kit Fisto se déplace pour éviter le choc et attrape le pilote, qu'il éjecte de son siège. Le minisub sans conducteur se met à tourner sur lui-même, mais Kit Fisto se sert de la Force pour le diriger vers Anakin.

Dès qu'il aperçoit l'engin, Anakin l'attire à lui en utilisant lui aussi la Force. Il saute sur la selle et se saisit du guidon.

— Agrippez-vous ! crie-t-il à Padmé et au capitaine Ackbar.

Padmé et Ackbar lui obéissent et s'accrochent chacun d'un côté.

Anakin dirige le véhicule vers la surface et... fonce.

CHAPITRE 9

L'explosion

Dans la salle du trône, Tamson continue à réfléchir à la dernière phase de l'invasion de Mon Cala City. Un hologramme de la ville et de ses fondations en corail remplit le centre de la pièce.

Debout près de lui, Nossor Ri le regarde positionner ses hommes dans toute la ville.

— Toutes ces forces supplémentaires sont-elles nécessaires ? demande-t-il au Karkarodon. Elles seraient certainement plus utiles aux Séparatistes dans d'autres coins de la galaxie. L'armée calamarienne, aidée par les forces de la République, a été vaincue. L'armée quarren peut tout à fait tenir la ville.

— Ton armée, ricane Tamson, ne vaut pas tripette ! Je te rappelle que c'est pour cette raison que tu as accepté notre offre en premier lieu. Nous allons rester ici jusqu'à ce que tous nos ennemis, les Calamariens comme les soldats de la République, soient morts ou capturés.

— C'est un peu extrême, non ? Supprimer la moitié des habitants de cette planète me semble complètement fou. Tout ce que nous voulions, c'était diriger Mon Cala… Pas ce… Ce que cette invasion…

Un garde quarren apparaît derrière l'hologramme.

— Monsieur, le Jedi et le prince viennent de réapparaître, rapporte-t-il. Ils se dirigent vers la surface.

Tamson se détourne de Nossor Ri. Le Quarren ne l'intéresse plus du tout.

— Que le scanner m'indique leur position ! tonne-t-il.

L'hologramme change : un diagramme des alentours de la ville apparaît. Un point rouge clignotant indique la course du prince, qui fonce avec le Jedi vers la surface de la planète.

— Tellement prévisible, rit Tamson. Laissons-les se rapprocher de leur vaisseau. Je veux les voir regarder tous leurs espoirs sombrer dans la mer.

L'hologramme change à nouveau : il montre cette fois-ci une frégate de la République flottant juste au-dessus de l'océan.

Le minisub se rapproche de la surface. Alors qu'ils dépassent le haut des immeubles de la ville, ils aperçoivent la silhouette de la frégate de la République au-dessus d'eux.

— Voilà le vaisseau ! s'exclame Padmé.

— Et il a l'air encore entier, ajoute Anakin.

À cet instant même, une lumière aveuglante traverse la frégate et l'explose en mille morceaux. De gros débris tombent en pluie dans l'océan.

— Attention tout le monde ! Gardez la tête baissée et tenez bon ! s'écrie Anakin en s'éloignant à toute allure de ce dangereux déluge.

Il manœuvre son minisub du mieux qu'il peut dans l'eau remplie de fumée et de décombres.

— Ahsoka, suis-moi, ordonne-t-il.

— Je suis derrière vous, Maître.

Anakin et Ahsoka tentent d'éviter les débris qui ne cessent de tomber, mais ils se rendent rapidement compte que c'est impossible.

— On n'y arrivera jamais, déclare Anakin. Il faut abandonner les minisubs !

— Entièrement d'accord, approuve Ahsoka. Nous aurons plus de chance en nageant.

— OK, écoutez-moi, tout le monde, lance Anakin. À mon signal, on lâche tout et on

nage ensemble pour se mettre en sécurité.

Une fois sans conducteurs, les minisubs continuent leur route, avant d'entrer en collision avec les débris du vaisseau. Lee-Char remarque alors la présence d'aquadroïdes qui avancent vers eux et il prévient Anakin.

— Eh bien, Prince Lee-Char, prêt à vous battre à nouveau ? demande Anakin en activant son sabre laser.

Il se met devant le groupe pour le protéger. Ahsoka active à son tour son sabre laser et se place à côté de son Maître.

— Maître Jedi, rétorque Lee-Char, nous sommes trop vulnérables ici. On doit retourner au fond de l'eau.

Anakin regarde autour de lui.

— Écoutez, tout le monde, vous avez entendu le prince : il a raison. Nous allons nous réfugier en bas. Accrochez-vous au plus gros débris qui passe à votre portée et laissez-le vous emmener au fond de la mer.

Anakin et Ahsoka dévient les tirs de blaster des aquadroïdes pendant que les autres s'agrippent aux morceaux de frégate qui continuent de tomber dans l'océan.

— C'est bon, Chipie, à ton tour, déclare Anakin. Je serai juste derrière toi.

— On fait la course ? rétorque Ahsoka en sautant sur le débris le plus proche. Le premier en bas a gagné !

Le feu des aquadroïdes ne faiblit pas, mais les rayons ricochent sur les débris qui entourent Anakin alors qu'il éteint son sabre laser et s'accroche à son tour à un fragment de la frégate. Pour échapper aux tirs de plus en plus proches des aquadroïdes, le Jedi tente de piloter son véhicule de fortune.

— Je crois que je commence à avoir le mal de mer, gémit Padmé, quand un violent courant marin les rapproche.

— Tiens bon, l'encourage-t-il, c'est bientôt fini. Ça sera terminé avant que tu ne t'en rendes compte.

Au fond de l'océan, Kit Fisto, le commandant Monkk et les clones SCUBA sont toujours en train de se battre contre les soldats quarrens quand ils distinguent au loin une pluie de débris.

— Maître, qu'est-ce que c'est, à votre avis ? demande le commandant Monkk.

— J'ai bien peur que ce soient les vestiges de notre dernière chance de nous évader de cette planète... On ferait mieux d'aller vérifier !

— Nous devrions nous dépêcher, Monsieur, déclare Monkk en lui montrant une escouade d'aquadroïdes qui se dirige vers les débris. Nous ne sommes pas les seuls intéressés.

Ils expédient les derniers Quarrens et nagent jusqu'aux fragments de vaisseau qui continuent de couler vers le fond.

Kit Fisto perçoit soudain un mouvement dans les décombres.

— Couvrez-moi, Commandant. Je vais jeter un coup d'œil de plus près.

Seul, le Jedi est plus à l'aise pour naviguer dans ce déluge de débris. Soudain, il reconnaît le prince Lee-Char qui serre une plaque de métal dans ses bras. Il ne paraît pas blessé. Derrière lui, il aperçoit le capitaine Ackbar et les deux sénatrices. Arrivent enfin Ahsoka, puis Anakin.

Kit Fisto se précipite auprès du Jedi. Le commandant Monkk et les clones SCUBA ne tardent pas à les rejoindre.

— Déjà de retour ? plaisante Fisto.

— Malheureusement oui… Le vaisseau a eu quelques problèmes.

— C'est ce que je vois. Tout autour de nous !

— Les Séparatistes ont dû deviner que nous voulions nous en servir pour nous échapper, dit Ahsoka. Mais pourquoi n'ont-ils pas attendu que nous ayons embarqué pour le faire exploser ?

— Ils veulent le prince vivant, réplique Fisto. Ou plutôt, ils ne veulent pas qu'il meure comme ça. Dooku désire probablement en faire un exemple. L'exécuter publiquement devant son peuple.

— Une escouade d'aquadroïdes est sur nos talons, les prévient le commandant Monkk. Je pense qu'ils nous tomberont dessus dès qu'on aura atteint le fond.

Le capitaine Ackbar lâche le fragment auquel il est accroché et nage jusqu'aux Jedi.

— Notre seule chance est de nous séparer, dit-il. Les droïdes vont fouiller les décombres à notre recherche et c'est mieux si nous leur fournissons plusieurs cibles. Le plus important est de cacher le prince.

— Je ne suis pas certain que ce soit la meilleure stratégie, le contredit Anakin.

— Moi, j'en suis convaincu, intervient le prince. Les mots du capitaine Ackbar sont les miens. Nous aurons plus de chance de leur échapper si nous nous séparons.

— Comme vous voulez, cède Anakin. Ahsoka, le prince et toi, vous partez avec Maître Fisto et les clones. Je m'occupe des sénatrices avec le capitaine Ackbar. Faites profil bas. Très bas. Notre seul espoir maintenant, c'est que Maître Yoda réussisse à nous envoyer de l'aide à temps.

— Non, le corrige le capitaine Ackbar. Notre seul espoir, c'est le prince Lee-Char.

Ahsoka, le prince, Kit Fisto et Monkk s'en vont les premiers. Le reste suit peu de temps après.

Quelques secondes plus tard, les débris qu'ils viennent de lâcher percutent le sol avec violence. L'impact soulève des quantités de vase qui rendent l'eau opaque, rendant impossible toute visibilité.

Les aquadroïdes qui sont arrivés presque en même temps attendent que l'eau s'éclaircisse. Mais quand c'est le cas, le prince et les Jedi ont disparu !

À suivre...

La Guerre des Clones est loin d'être terminée ! Les Jedi protègent la République dans le 18ᵉ tome : *L'attaque des Gungans*.

La querelle entre les Quarrens et les Calamariens continue de faire rage. Le prince Lee-Char n'a pas été capturé et il se cache dans les abysses de Mon Cala, protégé par les Jedi. Ensemble, ils méditent une contre-attaque après leur première défaite contre les Quarrens. Afin de leur venir en aide, Yoda décide de faire appel à des amis de la République : les Gungans.

Pour connaître la date de parution de ce tome, inscris-toi vite à la newsletter du site
www.bibliotheque-verte.com

Découvre les missions des Jedi !

1. L'invasion droïde

2. Les secrets de la République

3. Le retour de R2-D2

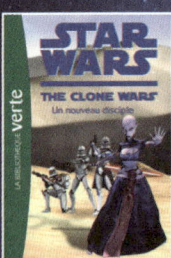
4. Un nouveau disciple

5. La trahison de Dooku

6. Le piège de Grievous

7. Le plan de Darth Sidious

8. L'enlèvement du Jedi

9. La mission de Palpatine

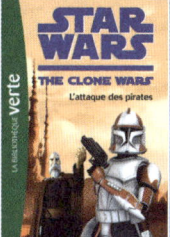
10. L'attaque des pirates

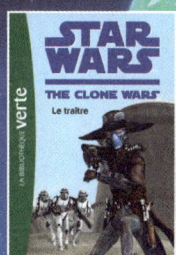
11. Le traître

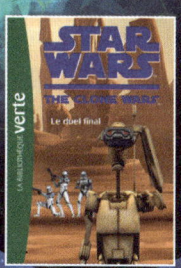
12. Le duel final

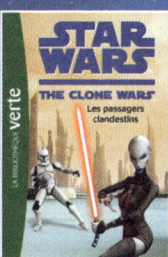
13. Les passagers clandestins

14. Le duel des Jedi

15. Les nouvelles recrues

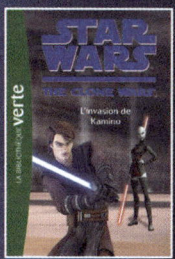
16. L'invasion de Kamino

Aventures sur Mesure

**Tu as toujours rêvé d'être un Jedi ?
C'est possible !**

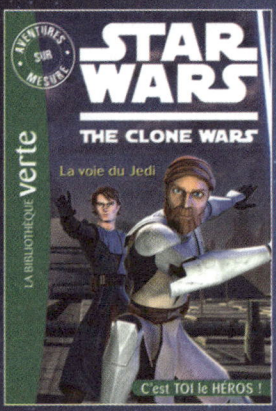 

La guerre galactique est déclarée !
Les Séparatistes, menés par le Comte Dooku,
affrontent la République, soutenue par les Jedi.

Vis des aventures extraordinaires avec la nouvelle collection de la Bibliothèque Verte :
Aventures sur Mesure !

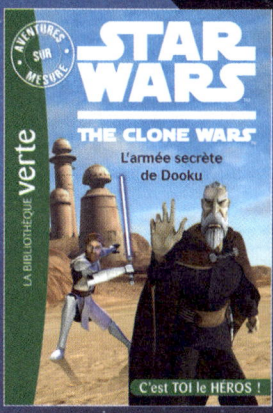

C'est toi le héros ! Fais les bons choix pour changer le cours de l'histoire. Et si tu te trompes... tu pourras toujours recommencer : il y a plein de fins possibles ! Es-tu prêt à relever le défi ?

TABLE

PROLOGUE – UNE PAIX MENACÉE	11
1 – QUARRENS ET CALAMARIENS	13
2 – UNE SITUATION DE CRISE	25
3 – LA GUERRE CIVILE	37
4 – L'OFFENSIVE DE LA RÉPUBLIQUE	49
5 – LE DEUXIÈME ASSAUT	61
6 – UN REPLI STRATÉGIQUE	75
7 – LES PLANS DU COMTE DOOKU	87
8 – LE CONSEIL JEDI	99
9 – L'EXPLOSION	109

PAPIER À BASE DE FIBRES CERTIFIÉES

hachette s'engage pour l'environnement en réduisant l'empreinte carbone de ses livres. Celle de cet exemplaire est de :
500 g éq. CO$_2$
Rendez-vous sur www.hachette-durable.fr

Photogravure Nord Compo - Villeneuve d'Ascq

Imprimé en Roumanie par G. Canale & C. S.A.
Dépôt légal : août 2013
Achevé d'imprimer : août 2013
20.4132.5/01 – ISBN 978-2-01-204132-5
Loi n° 49956 du 16 juillet 1949
sur les publications destinées à la jeunesse